26 Mars 1888

P

COLLECTION DELAHERCHE

DE BEAUVAIS

FAIENCES, PORCELAINES

DEUXIÈME VENTE

EXEMPLAIRE DE H. STETTINER

HOMO ADDITVS NATVRÆ
IMPRIMERIE DE L'ART

CATALOGUE

DES ANCIENNES

FAIENCES FRANÇAISES

DES FABRIQUES DE

Nevers, Rouen, Lille, Moustiers, etc.

ASSIETTES DE L'ÉPOQUE RÉVOLUTIONNAIRE

MAJOLIQUES ITALIENNES

Porcelaines de Sèvres, de Saxe, de Chine, du Japon
et autres

Faisant partie

DE LA COLLECTION DELAHERCHE

De Beauvais

ET DONT LA VENTE AURA LIEU

HOTEL DROUOT, SALLE N° 3

Les Lundi 26 et Mardi 27 Mars 1888

A DEUX HEURES

M° PAUL CHEVALLIER
COMMISSAIRE-PRISEUR
10, rue de la Grange-Batelière, 10

M. CHARLES MANNHEIM
EXPERT
7, rue Saint-Georges, 7

Exposition publique : Le Dimanche 25 Mars 1888

DE UNE HEURE A CINQ HEURES

CONDITIONS DE LA VENTE

Elle sera faite *expressément* au comptant.

Les acquéreurs payeront en sus des enchères *cinq pour cent*, applicables aux frais de la vente.

L'exposition mettant le public à même de se rendre compte de l'état et de la nature des objets, il ne sera admis aucune réclamation une fois l'adjudication prononcée.

Paris. — Imp. de l'Art E. Ménard et Cie, 41, rue de la Victoire

DÉSIGNATION DES OBJETS

FAIENCES

FAÏENCES DE NEVERS

1 — Vase à panse sphérique et long col renflé à sa partie supérieure, décor bleu à paysages et personnages de style chinois.

2 — Cornet à pans, à décor d'ornements et de feuilles en bleu.

3 — Buire de forme antique à panse ovoïde et à pans, décor bleu à fleurs et ornements.

4 — Statuette de saint personnage en adoration, de caractère italien; la face et les cheveux sont rehaussés de jaune.

5-6 — Douze petits plateaux ronds, décor bleu, variés de dimensions et de décors.

FAÏENCES DE ROUEN

Décor polychrome.

7 à 10 — Quatre assiettes à bords festonnés, décor polychrome dit au carquois. Au marli, couronne d'ornements fleuronnés.

11 — Assiette, décor polychrome; au fond, bergère debout; au marli, galon orné.

12 — Assiette à bords festonnés, décor polychrome. Au fond, paysage de style chinois avec kiosque; au marli, compartiments de fleurs avec entredeux quadrillés.

13 — Deux assiettes à bords festonnés, décor polychrome en plein, composé d'un vase de fleurs, d'un petit médaillon paysage, d'une corne fleurie et d'insectes. L'une signée à l'extérieur : *Dieul;* l'autre signée : *Gardin.*

14 — Deux assiettes, décor polychrome. Au fond, paysage de style chinois. Au marli, compartiments de fleurs reliés par des quadrillages. Au revers de l'une, l'initiale G (Guillebeau) et le chiffre 3; au revers de l'autre, la marque G. B.

15 — Assiette, décor polychrome. Au fond, branche de fruits; au marli, galon orné.

16 — Plateau octogone ou compotier, décor polychrome. Au fond, paysage avec personnages, de style chinois; au bord, galon à fond jaune.

17 — Assiette, décor polychrome. Au fond, le berger Némorin; au marli, galon orné.

18 — Assiette à bords festonnés, décor polychrome, Au centre, fleurs épanouies dans un cartouche

d'ornements rocaille et de fleurs ; au marli, fleurs et ornements.

19 — Compotier à bords festonnés. Au fond, dans un cartouche rocaille : nymphe et amour ; au bord, ornements et fleurons.

20 — Deux compotiers à bords festonnés, décor polychrome. Au fond, branches fleuries ; au bord, fleurs, ornements et feuillages.

21 — Deux compotiers octogones, décor polychrome dit *au carquois*. Au bord, fleurs, fleurons et ornements.

22 — Deux compotiers de même forme, décor polychrome. Au centre, une corbeille de fleurs ; au bord, quatre compartiments de fleurs et quadrillages à fond vert.

23 — Deux petits vases en forme de balustre, décor polychrome à fleurons et ornements.

24 — Grande soupière ronde, à deux anses et à contours, avec couvercle surmonté d'un citron, décor polychrome à fleurs. Marque S. Æ.

25 — Bannette oblongue à pans et à deux anses, décor polychrome. Au fond, paysage de style chinois avec kiosque et oiseaux ; au bord, quadrillages fleuris et compartiments de fleurs.

26 — Deux assiettes à bords festonnés, décor poly-

chrome. Au fond, fleurs et fruits ; au marli, lambrequins fleuris et fleurons.

27 — Quatre assiettes à bords festonnés, décor polychrome en plein, paysage et personnages de style chinois.

28 — Assiette, décor polychrome en plein, paysage avec personnage de style chinois.

29 — Deux assiettes à bords festonnés, décor polychrome ; au fond, cartouche de coquilles et de fleurs ; au marli, ornements et fleurs. Marquées : G. D.

30 — Deux assiettes à bords festonnés, décor polychrome ; au fond, corbeille de fleurs ; au marli, riches lambrequins et festons de fleurs.

31 — Assiette, décor polychrome. Au centre, poire et raisins ; au marli, lambrequins et fleurons.

32 — Assiette à bords festonnés, décor polychrome dit *à la corne* ; dans un cartouche, lettres enlacées surmontées d'une couronne.

33 — Assiette, décor polychrome. Au centre, corbeille de fleurs ; au marli, couronne de fleurs sur fond bleu.

34 — Assiette, décor polychrome ; au fond, paysage et personnages de style chinois ; au marli, riche galon à fond jaune. Marque G. V.

35 — Assiette à bords festonnés, décor polychrome ; au fond, rocher fleuri, dragons et oiseaux ; au marli, branches de fleurs, le tout de style chinois.

36 — Assiette à bords festonnés, décor polychrome à la corne tronquée.

37 — Assiette, décor polychrome ; au fond, groupe de fleurs et grenade de style chinois ; au marli, quatre compartiments de fleurs et entredeux à rosaces et quadrillages verts. Marque G. Æ.

38 — Assiette, décor polychrome ; au centre, corbeille fleurie ; au marli, sept compartiments de fleurs avec entredeux fleuris sur fond bleu.

39 — Assiette à bords festonnés ; au centre, corbeille et cornes d'abondance ; au marli, fleurs, fleurons et ornements.

40 — Assiette à bords festonnés, décor polychrome en plein, oiseaux aquatiques et branches de fleurs.

41 — Assiette à bords festonnés, décor polychrome ; au centre, corbeille de fleurs et rinceaux ; au marli, fleurs, fleurons et ornements.

42 — Plat oblong à contours, décor polychrome à fleurs.

43 — Plat à barbe, décor polychrome *à la corne* au pourtour, et à plante fleurie au fond.

44 — Théière à panse sphérique et à couvercle, décor polychrome à rochers, arbustes, fleurs, fruits et oiseaux.

45 — Autre théière à décor polychrome à fleurs. Le bord inférieur présente une large bande quadrillée ainsi que deux réserves de fleurs. Le couvercle manque.

46 — Deux soucoupes, décor polychrome à cornes d'abondance et oiseau. Au revers, la marque G. D.

47 — Sucrière à couvercle découpé à jour, décor polychrome à oiseau, papillon et haie fleurie. Marquée H. D.

48 — Pot à eau couvert, décor polychrome à lambrequins fleuris, ornements et fleurs.

49 — Cache-pot rond à côtes et à ailettes, décor polychrome composé de vases de fleurs, cornes d'abondance, festons de fleurs et ornements. Belle qualité.

50 — Plat rond à bords festonnés, décor polychrome ; au centre, haie fleurie ; au marli, lambrequins, fleurs et feuillages.

51 — Trois assiettes à bords festonnés, décor polychrome *à la corne*.

52 — Deux assiettes à bords festonnés, décor polychrome. Au centre, une branche de fleurs ; au bord, ornements à fond vert.

53 — Assiette, décor polychrome; au fond, bergère debout; au bord, un galon orné.

54 — Assiette, décor polychrome; au fond, fileuse debout; au marli, galon étroit.

55 — Trois assiettes, décor polychrome; au fond, berger debout; au marli, galon étroit.

56 — Assiette à contours, décor polychrome à fleurs.

57 — Porte-montre de forme contournée, décor polychrome à fleurs et ornements. Il est supporté par deux chevaux couchés.

58 — Deux lions assis, tenant chacun un écusson, en faïence blanche, conservant des traces de dorure à froid.

59 — Petit buste de Flore en ronde bosse, décor polychrome.

60 — Pichet, décor en bleu et jaune; sur la face principale, tambour en costume Louis XVI, battant la caisse.

61 — Pot sphérique, décor polychrome à lambrequins et guirlandes de fleurs.

62 — Petit vase en forme de balustre octogone, décor polychrome de style chinois, à paysage, personnages, fleurs et ornements.

63 — Saladier à bords festonnés, décor polychrome à fleurs et animaux.

*

64 — Autre saladier, décoré de fleurs polychromes.

65 — Quatre petits compotiers ronds à contours, décor polychrome dit *au carquois*. Au bord, lambrequins et fleurs.

66 — Petit plat oblong à contours, riche décor polychrome. Au centre, cartouche orné renfermant des fleurs ; au marli, galon jaune et large motif ornemental fleuri et quadrillé.

67 — Deux assiettes à bords festonnés, décor polychrome à larges fleurs et fleurettes.

68 — Deux compotiers ronds à contours, décor polychrome à fleurs.

69 — Deux compotiers ronds à contours, décor polychrome au carquois. Au bord, lambrequins et fleurons.

70 — Fontaine-applique avec bassin, décor polychrome à guirlande de fleurs, lambrequins et ornements variés.

FAÏENCES DE ROUEN

Décor bleu et rouille.

71 — Belle bannette oblongue à pans et à deux anses. Riche décor bleu et rouille ; au fond, corbeille fleurie entre deux cornes d'abondance qui s'échappent

de rinceaux élégants. Au bord, lambrequins et guirlandes de fleurs.

72 — Assiette, décor bleu et rouille. Au centre, une rosace ; au marli et à la chute, lambrequins et fleurons.

73 — Assiette, décor bleu et rouille. Au fond, rosace fleurie ; au marli, petits lambrequins et fleurons.

74 — Assiette, décor bleu et rouille. Au fond, l'inscription suivante formant couronne : *Nicolas Duparcq, garde du Roy ;* au marli et à la chute, lambrequins et fleurons.

75 — Deux compotiers octogones, décor bleu et rouille. Au fond, corbeille fleurie dans une couronne d'olives ; au bord, galon orné.

76 — Trois compotiers de même forme, mais plus grands, décor bleu et rouille. Au fond, corbeille de fleurs dans une couronne de feuillages ; au bord, galon orné.

77 — Compotier octogone, décor bleu et rouille. Au centre, corbeille de fleurs et rinceaux ; au pourtour, galon circulaire imitant l'osier ; au bord, galon orné à fond bleu.

78 — Plat rond, décor bleu et rouille. Au centre, une corbeille fleurie ; au marli, galon orné et faux godrons.

79 — Grand plat rond, décor bleu et rouille. Au fond, corbeille fleurie ; au marli, lambrequins et festons de fleurs.

80 — Deux petits seaux à anses, décor bleu et rouille à lambrequins.

81 — Plat rond, décor bleu et rouille. Au centre, corbeille fleurie ; au marli, lambrequins fleuronnés.

82 — Saucière oblongue, décor polychrome. Au fond, corbeille fleurie ; au bord, galon orné.

83 — Sucrière en forme de vase-balustre, à couvercle haut et bombé découpé à jour. Décor bleu et rouille à lambrequins et fleurons.

84 — Bourdaloue, décor bleu et rouille à lambrequins.

85 — Plat rond portant deux coquetiers et une salière, décor bleu et rouille à fleurs et ornements.

86 — Cache-pot cylindrique à côtes et à deux anses, décor bleu et rouille à lambrequins ornés et fleurs.

87 — Deux compotiers octogones, décor bleu et rouille. Au fond, corbeille de fleurs et couronne de feuillages ; au bord, galon orné.

FAÏENCES DE ROUEN

Décor bleu.

88 — Quatre belles assiettes, décor bleu. Au fond, les armes accolées du marquis de Maillebois,

surmontées d'une couronne et soutenues par deux lévriers ; au marli et à la chute, riches lambrequins à fond bleu, festons de draperies et groupes de fruits.

92 — Assiette, décor bleu. Au fond, rosace fleuronnée et lapin ; au marli et à la chute, riches lambrequins rayonnants et fleurons.

93 — Assiette, décor bleu. Au fond, armoiries couronnées et soutenues par deux lions héraldiques ; au marli, riches lambrequins et festons de fleurs. Marque R. Très beau style.

94 — Grand plat rond, décor bleu. Au centre, corbeille fleurie et rinceaux ; au marli, lambrequins et fleurons. — Diam., 45 cent.

95 — Deux flambeaux à tiges et bases quadrangulaires en faïence de Rouen, décorés en bleu à fleurs, rinceaux et fleur de lis.

96 — Grand plat rond, décor bleu. Au centre, écusson armorié soutenu par deux lions héraldiques ; au pourtour, couronne de fleurs ; au marli, larges rinceaux fleuris sur fond bleu. — Diam., 55 cent.

97 — Plat rond, décor bleu. Au centre, bouquet de fleurs entouré de lambrequins ; au marli, lambrequins feuillagés descendant sur la chute du plat. — Diam., 50 cent.

98 — Grand plat rond entièrement couvert d'un riche

décor bleu rayonnant composé de rinceaux, de lambrequins, de draperies et d'ornements variés. — Diam., 54 cent.

99 — Grand plat rond, décor bleu. Au fond, écusson armorié surmonté d'une couronne comtale et soutenu par deux anges ; au marli, lambrequins et rinceaux feuillagés à fond bleu. — Diam., 56 cent.

100 — Plat rond, décor bleu. Au centre, médaillon rond fleuri à fond bleu ; au pourtour, couronne d'ornements ; au marli, petits lambrequins. — Diam., 50 cent.

101 — Deux assiettes, décor bleu. Au centre, écusson armorié ; au marli, petit galon orné.

102 — Deux assiettes, décor bleu. Au fond, corbeille de fleurs sur des rinceaux ; au marli, écusson armorié et cordon orné.

103 — Deux assiettes, décor bleu. Au fond, corbeille fleurie sur des rinceaux ornés. Au marli, couronne d'ornements fleuronnés.

104 — Deux assiettes, décor bleu. Au fond, écusson armorié, timbré d'une couronne de marquis et soutenu par deux lions héraldiques. Au marli, galon orné.

105 — Assiette, décor bleu. Au fond, lettres enlacées surmontées d'une couronne. Au marli, couronne de petits fleurons.

106 — Deux assiettes, décor bleu. Au fond, bouquet de fleurs. Au marli, galon orné.

107 — Deux compotiers à bords festonnés, décor bleu. Au fond, une fleur et fleurons au bord.

108 — Cuvette oblongue et à pans, décor bleu. Au fond, cartouche d'ornements ; au pourtour, galon et lambrequins ornés.

109 — Assiette, décor bleu. Au fond, armoiries d'une abbesse de Rouen. Au marli, galon orné.

110 — Grand plat rond à bords festonnés, décor bleu. Au centre, corbeille fleurie. Au marli, et à la chute, lambrequins et guirlandes de fleurs.

111 — Pichet à décor bleu, paysage et ornements.

112 — Hanap forme casque, décor bleu à mufle de lion et ornements.

113 — Hanap de même forme, décor bleu à fleurs et feuillages.

114 — Quatre grands vases à pans et à culot godronné, avec anses formées de mascarons saillants. Riche décor bleu à lambrequins et ornements.

115 — Cache-pot octogone à deux ailettes, décor bleu à fleurs arabesques.

116 — Plateau oblong et à pans sur piédouche, décor bleu à fleurs arabesques.

117 — Porte-bouquet formé d'un petit vase en forme de balustre à côtes, décor bleu à lambrequins et fleurs.

118 — Petite coupe ronde garnie d'une attache formant anse, décor bleu à coupe de fruits, rinceaux et ornements.

119 — Sucrière en forme de vase à piédouche; décor bleu à lambrequins, ferronnerie et rinceaux. Le couvercle manque.

120 — Deux petits vases en forme de gourde côtelée, décor bleu à bandes verticales, rinceaux sur fond bleu et feuillages sur fond blanc dans les entredeux.

121 — Hanap forme casque, décor bleu à fleurs, rinceaux et ornements. Un mascaron saillant se trouve sous le goulot.

122 — Hanap analogue à celui qui précède.

FAÏENCES DE LILLE

123 — Très grand plat rond, décor bleu et rouille. Au centre, une rosace; au pourtour, à la chute et au marli, décor rayonnant à lambrequins ornés sur fond quadrillé. Il porte au revers les initiales de Féburier, de Lille. — Diam., 56 cent.

124 — Deux assiettes, décor bleu. Au fond, large ro-

sace avec fleurs au centre ; au marli, couronne d'ornements.

125 — Assiette, décor bleu. Au centre, une rosace à fond bleu; au pourtour, couronne fleuronnée et, au marli, lambrequins et fleurons.

126 — Compotier à côtes, décor bleu. Au centre, armoiries accostées de deux lions ; au bord, galon orné.

127 — Assiette, décor bleu. Au centre, armoiries. Au marli, ornements et fleurons.

128 — Assiette, décor bleu. Au centre, deux écus accostés surmontés d'une couronne. Au marli, couronne de fleurons.

129 — Assiette, décor bleu. Au centre, une rosace, dans un cercle orné. Au marli, petits fleurons.

130 — Assiette, décor bleu. Au fond, saint Sébastien martyr. Au marli, galon orné.

131 — Assiette, décor bleu. Au centre, cygne et fleurs. Au marli, riches lambrequins et corbeilles fleuries.

132 — Compotier rond à côtes, décor bleu. Au centre, écusson armorié surmonté de la couronne royale. Au bord et au revers, galons ornés.

133 — Plat rond et creux à bords festonnés, décor polychrome. Au centre, paysage et personnages. Au

pourtour, compartiment de fleurs et chrysanthèmes, partie sur fond blanc, partie sur fond bleu ; le tout de style japonais. Ce plat intéressant est malheureusement fracturé et incomplet.

FAÏENCES DE MOUSTIERS

134 — Belle cuvette ovale à côtes et à bords festonnés. Riche décor bleu dans le goût de Bérain et portant au centre les armoiries du duc de Richelieu.

135 — Deux jolis petits plateaux rectangulaires, à deux anses en torsades, décor bleu dans le goût de Bérain.

136 — Sucrière en forme de vase balustre et à pans, avec dessus adhérent, décor bleu à figures et ornements dans le goût de Bérain.

137 — Deux assiettes, décor bleu. Au marli, couronne d'ornements et large écusson armorié.

138 — Assiette, décor bleu. Au fond, lettres enlacées surmontées d'une couronne ; au marli, cordon fleuronné.

139 — Petit plateau oblong et à contours, décor bleu à ornements dans le style de Bérain au bord, et portant dans une partie de la bordure les armoiries de la marquise de Pompadour.

140 — Plat oblong, à décor bleu, portant également les armoiries de la marquise de Pompadour.

141 — Trois assiettes et un plat oblong, décor bleu à ornements et armoiries.

142 — Grand plat rond, décor jaune. Au centre, bouquet de fleurs; au marli, bouquets posés symétriquement.

143 — Cache-pot cylindrique à anses formées de mascarons saillants; il est décoré de jetées de fleurs en manganèse. Au fond, la marque d'Olery.

144 — Cache-pot de même forme que celui qui précède. Celui-ci est décoré d'ornements polychromes et de festons de fleurs dans le goût de Bérain.

145 — Deux assiettes à bords festonnés, décor polychrome. Au fond, dans une couronne de fleurs : sujet de chasse et Orphée; au marli et à la chute, guirlandes et pendentifs de fleurs.

FAÏENCES DE LA RÉVOLUTION

146 — Plat rond. Au centre, la bêche et *Vive la liberté*; au marli, un galon orné. Le revers est émaillé brun.

147 à **168** — Environ deux cent vingt assiettes en faïence, à emblèmes patriotiques et révolutionnaires polychromes et bleus. (Ce lot sera divisé.)

169 à 171 — Quinze saladiers à emblèmes patriotiques et révolutionnaires. (Ce lot sera divisé.)

172 — Plat rond en faïence de l'Artois. Au fond, les armes de France timbrées de la couronne royale et l'inscription : *Vive la nation.* Au marli, fleurs polychromes.

FAÏENCES DIVERSES FRANÇAISES

173 — Marseille. Pot à eau avec cuvette, décorés de fleurs en camaïeu vert.

174 — Marseille. Belle assiette à bords festonnés, décor polychrome à fleurs.

175 — Marseille. Quatre assiettes à bords festonnés, décor polychrome à fleurs.

176 — Saint-Cloud. Plat rond, décor bleu. Au centre, trois couronnes royales dans un cercle. Au marli, galon orné.

177 — Deux porte-huiliers en faïence de Strasbourg, de forme oblongue à contours et ajourés. Deux coquilles réservées comme salières sont décorées de fleurs polychromes et l'extérieur est rehaussé de hachures carmin et de fleurettes bleues. Marque de *Joseph Hanong.*

178 — Deux assiettes à bords festonnés en faïence

blanche de Niederviller, semées de fleurettes dorées.

179-180 — Huit mules à décors variés des diverses fabriques françaises.

181 — Pot à eau en ancienne faïence de Clermont-Ferrand, décor bleu à ornements et armoiries et portant l'inscription suivante : *Conualescence de M. Rossignol, Intendant d'Auvergne. M. Cellier, Trezorier de Lordre, 26 Mars 1738.*

182 — Boîte ronde en faïence de Creil, à ornements et buste de Napoléon Ier, gaufrés en relief et réservés en blanc sur fond émaillé brun violacé.

183 à 222 — Environ quatre cents assiettes des diverses fabriques françaises, à décors variés, bleus et polychromes. (Ce lot sera divisé.)

223 — Six saladiers en faïence à décors variés.

224 — Vase, forme dite pot pourri, avec couvercle, en terre de pipe émaillée, avec guirlandes de fleurs en relief sur la panse.

225 — Plat rond en faïence de Sèvres, décor bleu en plein à fleurs.

226 — Grand plat rond de même faïence, décor polychrome. Au centre, bouquet de fleurs; au marli, ornements de style japonais.

227 — Plat rond, décor bleu. Au centre, écu fleurdelisé et galon au marli ; le revers est émaillé brun. (Olivier.)

FAÏENCES ÉTRANGÈRES

228 — TRÉVISE. Deux assiettes à contours, décor polychrome à fruits et fleurs.

229 — TRÉVISE. Grand plateau oblong à deux anses, décor polychrome, groupes de fruits et fleurs.

230 — VENISE. Trois jolies petites assiettes à bords festonnés et gaufrés, décor polychrome. Au fond, armoiries à fond d'or soutenues par un lion héraldique dans une couronne de feuillages ; au marli, vases et roses.

231 — PESARO (?) Plat rond et creux, décor vert. Au fond et au marli, fleurs et grenades. Date de 1720.

232 — MILAN. Quatre pots cylindriques avec couvercle surmonté d'une cerise. Décor de style chinois à fleurs réservées en blanc sur fond rouge et jetées de fleurs polychromes.

233 — MILAN. Corbeille ovale ajourée et un plateau long à décor polychrome, oiseaux, branchages et palissade, de style chinois.

234 — VENISE Vasque ovale à oreilles, élevée sur quatre pieds - griffes et à pourtour godronné ; elle est

décorée en bleu de feuillages et d'ornements ; l'intérieur représente la toilette de Vénus et au-dessus l'écusson des Grimaldi.

235 — Perse. Carreau à fleurs arabesques émaillées en couleur sur fond blanc ; monture en bois.

236 — Suède. Plateau oblong et à contours à deux anses en ancienne faïence de Marieberg, décor polychrome. Au centre, les armes du baron de Breteuil et jetées de fleurs. Les anses sont formées de branches et de feuillages. — Larg., 48 cent.

237-238 — Suède. Quatre assiettes à marli formé d'un treillis ajouré, provenant du même service que le plateau qui précède et portant les mêmes armoiries.

239 — Delft. Plat rond, décor polychrome de style japonais. Au fond, paysage, avec animaux et ornements au marli.

240 — Delft. Assiette à décor de style japonais en bleu, rouge et or. Au centre, bouquets de fleurs ; au pourtour, trois demi-rosaces et trois branches fleuries. Au revers, la marque en rouge : A. P. K.

241 — Deux cavaliers en costumes Louis XV, décorés à froid.

242 — Delft. Plat rond, décor bleu. Au fond, vase garni de fleurs et attributs divers dans une cou-

ronne ornée ; au marli, fleurs et fruits. — Diam., 41 cent.

243 — ALLEMAGNE. Fontaine-applique, modèle rocaille, à deux anses, avec goulot formé d'un dauphin et couvercle orné d'une figurine d'enfant et d'un chien, décor bleu et manganèse.

244 — ALLEMAGNE. Petite chope en faïence blanche, avec pied et couvercle en argent ; ce dernier est enrichi d'un petit lézard en or émaillé rapporté. XVIIe siècle.

245 — ALLEMAGNE. Quatre assiettes, décor bleu à armoiries et galons ornés.

PORCELAINES

SÈVRES

246 — Huit belles assiettes en ancienne porcelaine de Sèvres, pâte tendre, à bords festonnés, décor polychrome composé de festons de fleurs enlacées, et ornements gaufrés et dorés au marli.

247 — Trois pots à crème en vieux Sèvres, pâte tendre, à filets bleus et décor de fleurs polychromes.

248 — Écuelle ronde à deux anses, avec plateau oblong, en ancienne porcelaine de Sèvres, pâte tendre, décorée d'une jetée de roses.

249 — Assiette à bords festonnés en vieux Sèvres, pâte tendre, à filets bleus et jetées de fleurs.

250 — Tasse à deux anses avec soucoupe, en vieux Sèvres, pâte tendre, décorée de fleurs.

251 — Sucrier oblong sur plateau adhérent, en ancienne porcelaine tendre de Sèvres, décoré de filets dorés.

252 — Vase ovoïde en biscuit, à anses têtes de béliers et festons de vigne en relief sur la panse.

253 — Petit buste, en biscuit de Sèvres, de Bonaparte premier Consul.

CHANTILLY

254 — Deux assiettes en ancienne porcelaine tendre de Chantilly, à bords festonnés, décor bleu, aux armes du prince de Condé.

255 — Sept assiettes en ancienne porcelaine tendre de Chantilly, à bords festonnés, décor bleu. Au centre, le chiffre du duc de Penthièvre sous la couronne, et festons de fleurs au marli. Elles proviennent du château de Villers-Cotterets.

256 — Petit seau à deux anses de même porcelaine et portant les mêmes armoiries.

257 — Assiette de même porcelaine, à contours, décorée de jetées de fleurs polychromes.

258 — Deux petits vases couverts, en forme de balustre, en ancienne porcelaine tendre de Chantilly, décorés de fleurs polychromes.

259 — Six couteaux, à manches en ancienne porcelaine de Chantilly, à décor bleu.

260 — Jolie boîte ronde en ancienne porcelaine tendre de Chantilly, décor polychrome de style chinois, à personnages, oiseaux et fleurs. Elle est montée à gorge à charnière en argent.

261 — Deux plateaux à quatre lobes en ancienne porcelaine tendre de Chantilly, décorés de fleurs polychromes de style chinois.

262 — Tasse, modèle litron, à deux anses ; couvercle surmonté de trois fleurs et soucoupe trembleuse en ancienne porcelaine de Chantilly, décor polychrome à fleurs de style chinois.

263 — Assiette à contours, en ancienne porcelaine tendre de Chantilly, décorée de jetées de fleurs polychromes.

264 — Tasse évasée avec soucoupe de même porcelaine, décorée de fleurs polychromes de style chinois.

265 — Quatre assiettes creuses à contours, marli gaufré

à grains d'orge, en vieux Chantilly, et décor bleu à fleurs.

266 — Neuf assiettes à contours en vieux Chantilly, décor bleu à brindilles fleuries.

267 — Neuf assiettes creuses de même décor.

268 — Deux assiettes analogues à celles qui précèdent.

269 — Deux autres assiettes de même porcelaine, à décor bleu, arbustes fleuris et bouquets.

270 — Douze assiettes de même porcelaine, décor bleu; au centre, motif d'ornements et oiseau; au marli, festons de feuillages.

SAINT-CLOUD

271 — Deux tasses et deux soucoupes en ancienne porcelaine tendre de Saint-Cloud, modèle à godrons et décor bleu. Marque du directeur Trou.

272 — Deux tasses et deux soucoupes de même porcelaine et de décor analogue.

273 — Trois soucoupes de mêmes porcelaine et décor, l'une d'elles porte la marque au soleil.

274 — Petite tasse couverte et à deux anses avec soucoupe en ancienne porcelaine tendre de Saint-Cloud à décor bleu. Marque au soleil.

MENNECY

275 — Petit socle carré en ancienne porcelaine tendre de Mennecy, décoré de fleurs polychromes et à ornements, aux angles, gaufrés en relief et décorés en bleu.

276 — Deux petits vases à deux anses formées de branchages en ronde bosse, en biscuit de Mennecy. Marque D. V. en creux.

PORCELAINES FRANÇAISES DIVERSES

277 — Deux vases à panse conique renversée et à anses mufles de lions, en ancienne porcelaine de Lille, décor polychrome à trophées et rehauts de feuillages en dorure. L'un d'eux porte la marque (dauphin couronné) en or, l'autre en violet.

278 — Deux seaux en porcelaine blanche de Clignancourt, dont les bords et les anses sont rehaussés de dorure.

279 — Deux salières oblongues à quatre pieds en ancienne porcelaine de Locré, décor dit bleu Barbot.

280 — Statuette d'enfant vendangeur debout, en biscuit.

PORCELAINES DE SAXE ET AUTRES

281 — Soupière oblongue à deux anses, en ancienne porcelaine de Saxe, à ornements gaufrés en relief et décor de fleurs. Le couvercle est surmonté d'une figurine d'enfant qui tient une corne d'abondance.

282 — Grande tasse à une anse avec soucoupe, en vieux Saxe, décorée de jetées de fleurs.

283 — Quatre pièces en vieux Saxe, décorées de fleurs : une tasse et trois compotiers ; ces derniers enrichis d'ornements gaufrés.

284 — Petit vase à panse sphérique et ouverture évasée, en vieux Saxe, et décoré de fleurs.

285 — Petit vase forme tulipe, en vieux Saxe, décoré de bouquets de fleurs et de fruits.

286 — Cinq soucoupes, dont trois en vieux Saxe, décorées de sujets Watteau, et les deux autres, en porcelaine de Nymphenburg, décorées de fleurs et d'ornements.

287 — Salière ovale et trois manches de couteaux, en vieux Saxe, décorés de fleurs.

288 — Petit socle carré avec ressaut, soutenu par une console en vieux Saxe, à décor marbré carmin.

289 — Cinq tasses, six soucoupes et un pot à crème, en biscuit de Wedgwood, décorés de jeux d'enfants réservés en blanc sur fond bleu.

290 — Petite plaque carrée en ancienne porcelaine d'Allemagne, représentant l'entrée d'un port de mer.

PORCELAINES DE CHINE ET DU JAPON

291 — Plat rond en ancienne porcelaine de Chine, décoré au trait en noir avec riches rehauts de dorure. Au fond, les armes de Fouquet entourées de rinceaux ; au marli, ornements, paons et feuillages.

292 — Gourde en ancienne porcelaine de Chine, décor bleu à fleurs.

293 — Petit bol à côtes en ancienne porcelaine de Chine, à décor en émaux de la famille verte, à larges fleurs et figures d'enfants à l'extérieur et à fleurs et ornements à l'intérieur. Marque au lapin.

294 — Sucrier oblong et lobé en ancienne porcelaine de l'Inde, portant des armoiries et décoré de couronnes de feuillages. Il est accompagné d'un petit plateau rond de même décor.

295 — Plat rond en ancienne porcelaine de Chine, décoré de fleurs et de lambrequins en émaux de la famille rose.

296 — Compotier rond en ancienne porcelaine de Chine, à bordure ajourée, décor bleu, à rocher, arbustes, fleurs et oiseaux.

297 — Deux assiettes à bords festonnés, en vieux Chine, décorées, au centre, de larges armoiries et, au marli, d'une couronne de feuillages.

298 — Deux grands et beaux plats en ancienne porcecelaine de Chine, décorés, au centre, d'ustensiles divers en bleu et, au bord, d'une large bande d'ornements et de fleurs en émaux de la famille verte.

299 — Deux soucoupes octogones en vieux Chine, décor polychrome à la perdrix.

300 — Petit vase ovoïde en vieux Chine, décor bleu à attributs.

301 — Petit vase de suspension de forme oblongue, en ancienne porcelaine de Chine, à panse réticulée à jour et décoré de fleurs, en émaux de la famille rose. Il est accompagné de ses chaînes de suspension.

302 — Boîte oblongue à angles rentrants en ancienne porcelaine de Chine, émaillée vert et à fleurs, grecques et quadrillages gravés sous émail.

303 — Six petites pièces en porcelaine et en terre émaillée, à fonds variés de nuances.

304 — Plat rond en ancienne porcelaine de Chine, décor polychrome, rehaussé de dorure. Au centre, cartouche renfermant des armoiries ; au pourtour, ornements et fleurs.

305 — Lot de tasses, soucoupes, salières, etc., variées de décors.

306 — Cage à grillons de forme oblongue, en porcelaine de Chine, à trois faces réticulées à jour et émaillées bleu verdâtre ; la quatrième, décorée de personnages.

307 — Plat rond vieux Chine, décoré en bleu. Au fond, grand médaillon, représentant divers ustensiles mobiliers ; sur le bord, un large lambrequin à fleurs et rinceaux en réserve sur fond bleu.

308 — Vase ovoïde en céladon craquelé.

309 — Vase hexagone en Chine, à petits compartiments de fleurs sur un fond de carrelage gaufré et relevé d'or.

310 — Vase ovoïde à couvercle plat, en porcelaine de l'Inde à armoiries européennes et guirlandes de fleurs.

311 — Deux plats ronds en ancienne porcelaine du Japon, à riche décor en bleu, rouge et or. Au centre, paysage avec figures : au pourtour, compartiments de fleurs sur fond bleu et blanc alternant.

312 — Petit plat rond en ancienne porcelaine du Japon, à décor de fleurs et ornements en bleu, vert, rouge et or.

www.ingramcontent.com/pod-product-compliance
Ingram Content Group UK Ltd.
Pitfield, Milton Keynes, MK11 3LW, UK
UKHW032017260826
14628UKWH00006B/2543

9 782329 451268